子ども　詩のポケット 42

虫や草や あなたや わたしや むしゃくしゃや

西沢 杏子

虫や草やあなたやわたしやむしゃくしゃや

もくじ

Ⅰ　虫や草や

黄蝶《きちょう》が二羽で　6
明るい五月の昼日中《ひるひなか》　8
風の箒《ほうき》　10
えーんえんえ燕《えん》　12
○○○○○、、、、傘《かさ》　14
黄色てんとう　17
車道でぺしゃんこになったものは　18
ブロッコリーの森　20
飛んでいる蚊《か》を叩《たた》こうとする　22
最後の福神漬《ふくじんづ》け　24
のら猫の背中　27

Ⅱ　あなたやわたしや

もすこしそのまま、と。　30
44kgの肉袋《にくぶくろ》　32
ポインセチア　34
わたし　跳《と》び虫　36
好きな人を少し変えたい　38
兄さんはきっと知らない　40
ドア　42
フリーズ　44
わたしのなかの　ちいさな海に　46
ひとりんりん　48
　50

Ⅲ　むしゃくしゃや

いってらっしゃい！　54

ほんの　むしゃくしゃ　56

笑うデーモン　58

けちんぼ　60

いやなことをイヤといえない　62

樹上《じゅじょう》のライブ　64

ブルー　67

葉虫の合い言葉　68

崖《がけ》っぷち　70

裏返《うらがえ》しに着たパジャマのポケットに　72

あなたとわたしの後ろから　75

西沢杏子詩集「虫や草やあなたやわたしやむしゃくしゃや」によせて　高木あきこ　78

初出一覧

黄色てんとう	01年「野川ほたる村だより」掲載
ブロッコリーの森	01年10月「現代少年詩集’01」（銀の鈴社刊）掲載
飛んでいる蚊を叩こうとする	05年「象」11号掲載
最後の福神漬け	03年「象」9号掲載
のら猫の背中	06年6月「ネバーランド」7号掲載
	06年8月「ねこ新聞」掲載
	07年4月「声に気持ちをのせて」
	子ども朗読教室五年生（国土社刊）掲載
兄さんはきっと知らない	1998年9月「現代少年詩集’98」（銀の鈴社刊）掲載
けちんぼ	09年11-12月号「日本児童文学」掲載
あなたとわたしの後ろから	07年1-2月号「日本児童文学」掲載

I　虫や草や

黄蝶《きちょう》が二羽で

わたしの家の窓辺《まどべ》では
黄蝶が二羽で眠ります
夏の終わりの夕べです
打ち水さえもお静かに
西の窓辺のレンガの小径《こみち》
ミモザの大樹《たいじゅ》のその下の

夏コスモスの葉裏《はうら》です
ため息さえもお静かに
わたしの家の窓辺では
黄蝶が二羽で眠ります

明るい五月の昼日中《ひるひなか》

鳩《はと》！
きみは予想もしなかった

明るい五月の昼日中
飛び立つよりも早く
クラッシュするもののあることを

仰向《あおむ》けの胸の柔毛《にこげ》が
薄青く風に揺《ゆ》れる何気《なにげ》なさが
きみが予想もしなかったことを
静かに突《つ》きつける

鳩！
きみは予想もしないうちに
視界《しかい》を砕《くだ》かれた

けれど、折れ曲がった脚《あし》が
からくもつかんだちいさな空が
きみを運んでいくだろう

きみの上にきょうも広がる
飛び慣《な》れた大空へ

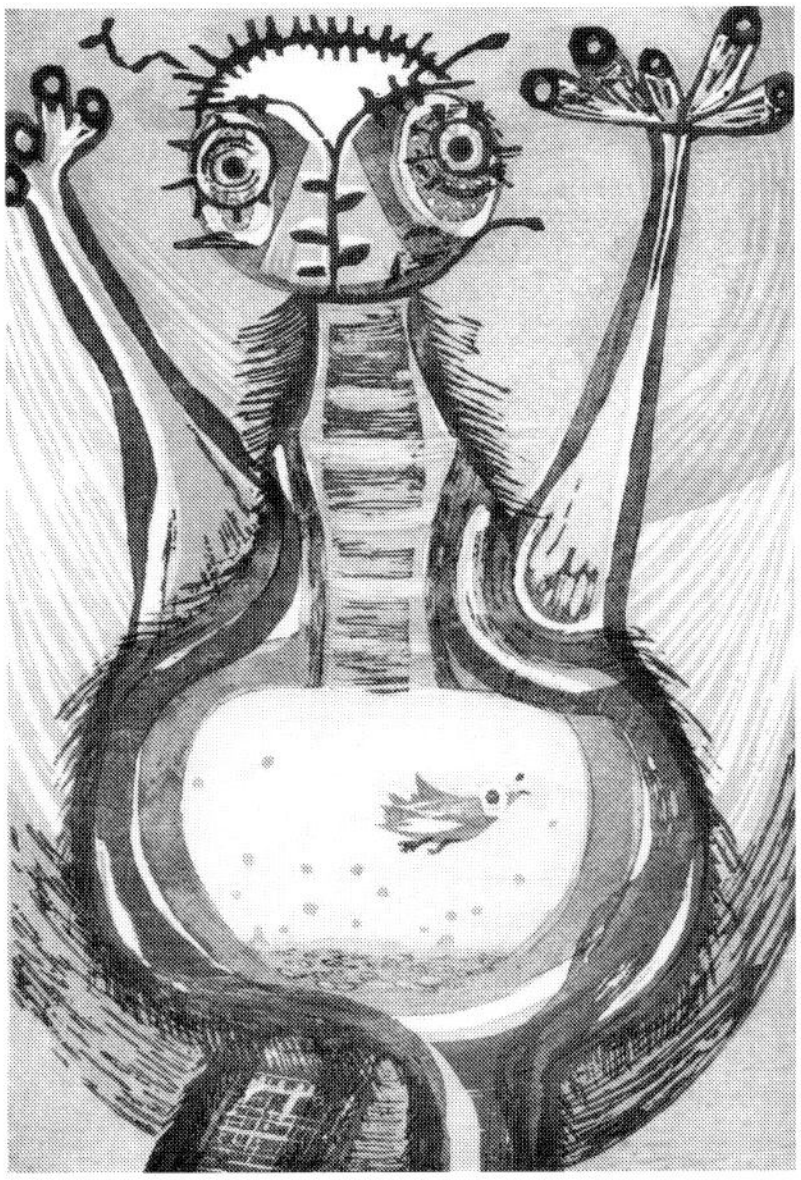

颪の箒《ほうき》

黒雲の塊《かたまり》が
奇妙《きみょう》にはしゃぎながら流れている

パンパスグラスの颪の箒で
ふわふわとくすぐられたり
のどかに飛ばされたりするのが
雲だと思っていたが

きょうの黒雲の動きは
風の箒では作り出せない
奇妙なはしゃぎようが
後ろめたさを隠《かく》しているみたいだ

もしや！
戦地に向かう飛行機を
さては！
その黒いなかに隠しているな

パンパスグラスの白さまで
黒ずんだ色に染《そ》めるなよ
黒雲！

えーんえんえ燕《えん》

ちっこい
虫喰《く》うて
渋《しぶ》いよう
って鳴く

ちっこい
ちっこい
虫喰うて
渋いよう
って

ちっこい
ちっこい
ちっこい
虫喰うて
渋いよう
って鳴く

つばくろ
つばめ
えーんえんえ燕

○○○○○、、、傘《かさ》

捨《す》て去ることが豊かさのしるしだ
なんて思っちゃいけないよ。
そんな時代は終わり！
もう来ちゃあいけないんだ。

雨の日にまだ使える傘と
、別れようとすると
そんな国際的《こくさいてき》な非難《ひなん》が聞こえる

暗い顔をかくしたいばかりに
ただぬれたくないばかりに
いろんな期待で傘を買った

骨が一本しおたれると
、傘はどれも一気に老《ふ》け込《こ》み
持ち主の期待をかなえるよゆうはない

そんな傘が傘立てにあふれ
たばねて待つ次の火曜日
、不《ふ》燃物《ねんぶつ》収集日は雨だった

捨て去ることが豊かさのしるしだ
なんて思っちゃいけない
まださせるのに、傘
骨がしおたれただけなのに
、傘

こんなやさしい雨の降る日には
まださせなくはない傘を
捨てるにしのびなく
、かといってたばねたままで
あと一週間も放っておくのもいやで
、捨てる決心をする

捨て去ることが豊かさのしるしだなんて
思い込んでいた時代は終わったんだよ
という地球《ちきゅう》規模《きぼ》の非難を
雨あられのように浴びながら

○○○○、、、、、　！
○○○○○、、、、、、、、　！
○○○、、、、、、　！

黄色てんとう

はっきりしてるね　きみの色。
誰がみたって　黄色だね。

十人十色《といろ》　よけいなおせわ。
迷いがないよね　きみの色。

きみみたいだったら
どんなによかった。

ぼくがあいつについた　嘘《うそ》。

車道でぺしゃんこになったものは

車道でぺしゃんこになったものは

コフキコガネ

ヒキガエル

ミミズ

ハッパ

テブクロ

マツボックリ

車道でぺしゃんこになったものは
胸の奥《おく》のひとすみで
小さな墓標《ぼひょう》の群《む》れになる

ブロッコリーの森

ブロッコリーは　樹の形をしている
たった一本で　緑の森をつくっている

小房《こぶさ》にわけても
熱湯《ねっとう》でゆがいても
樹の形を崩《くず》さない

食べていいものだろうか　こんな樹を
噛《か》み砕《くだ》いていいものだろうか　こんな森を

どうぞ
どうぞ
ご心配なく

ブロッコリーの森は
やさしくざわめきながら
わたしのなかに美しい形の森を広げる

飛んでいる蚊《か》を叩《たた》こうとする

刺《さ》している蚊を叩くなら
まだすこしは許《ゆる》されもしましょうが

刺す決心がなかなかできなくて
ちんぷんかんぷんと鳴いているのまで
ぱちぱち手を打って追いかけている
あなた！

あさましくない？
さもしくない？
はずかしくない？

まだ刺してもいない蚊を
かならずや刺す蚊、と決めつけて
ぱちぱち手を打って追いかけている
わたし！

あさましい　さもしい　はずかしい

飛んでいる蚊は飛ばしませう
刺している蚊は刺させませう
マラリアになったら…………
そのときになって考えませう

最後の福神漬《ふくじんづ》け

大根《だいこん》
蓮根《れんこん》
茄子《なす》
白瓜《しろうり》
紫蘇《しそ》
鉈豆《なたまめ》
生姜《しょうが》

刻《きざ》まれ漬《つ》けられた七福神
野菜の神の福神漬け

神のなかでも
ひときわ見通しのいい蓮根を
小壺《こつぼ》の中から見つけだし
自分のものにしたときの後ろめたさ

屋久島《やくしま》
六甲《ろっこう》
白州《はくしゅう》
深海《しんかい》
黒部《くろべ》
月山《がっさん》
安曇野《あずみの》

日本各地の名水とともに
カレーの皿が空になり
野菜の七福神は
壺の底に色を残すのみ

名残惜《なごりお》しげに
小壺の縁《ふち》に貼《は》りつくのは
扁平《へんぺい》で瓢箪型《ひょうたんがた》の鉈豆神

鉈豆神に付《つ》き添《そ》うように
よじれよじれた大根神が
かすかに紅涙《こうるい》を滴《したた》らせ
カレーの宴《うたげ》はしずかに終わる

のら猫の背中

のら猫の背中
そそけだつ毛並み

きょうまで
誰にもさわらせなかった　気位《きぐらい》
撫《な》でさせなかった　意地《いじ》

あしたからも
誰にもさわらせず
撫でさせず

ひとりで生きていくという
そそけだつ毛並みの　主張《しゅちょう》

Ⅱ　あなたやわたしや

もすこしそのまま

いつでもは会えなくて
いつ会ってもいやじゃない友だちの忘《わす》れ物

居間にぽつんと

ここに住み慣《な》れた物とは
一線を画《かく》したたたずまいで
色取りまできわだたせて
手持ちぶさたのようで
それでいて
だれにもかれにもは

かまって欲しくないようすが
忘れた友だちの性格そのままで

居間にぽつんと

どうぞ　もすこしそのまま
あきるまでそのまま　どうぞ　いてね

、と。

ぼくは
、
きみは
。

ぼくときみが二人いて
やることとなすことの
誤解《ごかい》が文字

二人が動いて文になる
さ迷《まよ》い歩けば物語

44kgの肉袋《にくぶくろ》

肉の袋に包《つつ》まれた44kgの〝わたし〟
あの人が見る
この人が見る

そばかすがあるね
ちょっとチビだね
エトセトラエトセトラの外見《がいけん》

くさってやしないか　肉？
ねじくれてやしないか　腸《ちょう》？

エトセトラエトセトラの中身《なかみ》

あの人に見られ
この人に見られ
44kgの肉袋は揺れに揺れる

たっぷん　たっぷん
ごぼりっ　ごぼりっ

聞かれたくない音を立てながら〝わたし〟を保《たも》つ

ポインセチア

寒い朝
古い大きな家の前に
ポインセチアの鉢《はち》が転がっていた

まだ緑の葉っぱがあるのに
ほの白いつぼみもたくさんあって
クリスマスを忘《わす》れてはいないのに
ポイ！と
玄関のすぐそばに転がされている

そこは古い大きな家の人が
まだかんぺきに捨《す》てたわけではありませんよ
捨てるか捨てないか迷っているのです
と、言う場所なので

クリスマスのころを
まだときどき思いだしているポインセチアに
「わたし　いま　センチメンタリスト」
と、自己紹介してから
鉢を起こして帰ってきた

わたし　跳《と》び虫

薄暗《うすぐら》い苔《こけ》の上
跳《と》んで跳んで逃げる　跳び虫

踏《ふ》みつぶすのが趣味《しゅみ》の長靴《ながぐつ》から
跳んで跳んで跳《は》ね跳んで
やっと3センチ逃げるだけ

雨をふくんだ苔の上
跳んで跳んで跳ね跳んで
踏みつぶすのが趣味の長靴に
きっかり3センチ
またもや近づいてしまう跳び虫

自分を見ているようで
動けなくなるわたし　跳び虫

好きな人を少し変えたい

好きな人を少し変えたいと思うことは
二人乗りのカヌーを
山の頂《いただき》へ引き上げるようなもの

カヌーは
丸太を自力《じりき》でくり貫《ぬ》いたもので
引き上げる山道も
自力でやぶやぶを払《はら》った道で

その道を引き上げてゆく途中《とちゅう》に
少し変えたいと思う好きな人がやってきて
（もしかして）
〝乗せて！〟といったときに
〝どうぞ！〟とにっこりしていえること

兄さんはきっと知らない

歩道に落ちていた
すずかけの実を拾《ひろ》ったら
「なんでも拾うんだからあ」
と　兄さんがいう

コートのポケットにしまった
すずかけの実を
誰かに踏《ふ》まれた傷《きず》のある
緑の固いでこぼこを
さわりながら歩くしあわせを
兄さんは知らない

いつか兄さんが
ないしょ話の始まりに
わたしのあだなを呼んだ声だって
わたしが拾ってしまってることも
兄さんはきっと知らない

ドア

どうぞ、といいながら
きみは軽《かろ》やかにドアを開《あ》ける

ぼくがためらっているうちに
するりとさきに滑《すべ》り込《こ》む

どうぞ、といいながら
きみはこつんとドアを閉《と》じる

ぼくをこちらに置《お》いたまま！
ちいさな後悔《こうかい》の声が
ドアのあちら側《がわ》で反響《はんきょう》している

フリーズ

いま　わたし　時間　いらない。
わたしの分の時間　いらない？
いらなくても　おし売りしようかな。

いや、おし売りなんてめんどくさい。
っていうか、
おし売りしたらわたしの時間がかわいそう。

よし、もうちょっと消極的《しょうきょくてき》にいこう。
ね、わたしの時間さん、
フリーズしようよ

シュラフにくるまる？
蛹《さなぎ》になる？
どんな蛹が好き？わたしの時間さん。

えっ？　エメラルドグリーンの蛹！
アオスジアゲハの蛹だね。
そういえば、わたしもそうだった！

いま　わたし　時間　いる。
エメラルドグリーンの時間と　いっしょ。

わたしのなかの　ちいさな海に

わたしのなかの　ちいさな海に
あるひ
花びら　はらりと　おちる

あるひ
ちょうちょが　ひらりと　おちる
わたしのなかの　ちいさな海に
あるひ
あなたが　とぽんと　おちる

花びらうかび
ちょうちょがやすむ
わたしのなかの　ちいさな海で

きょうも
あなたが　およいでる

ひとりんりん

これは
最初からひとりでいるひとりじゃあない

この心理状態《しんりじょうたい》は
さいしょっからのひとりより重症《じゅうしょう》だ

ふたりを味わった直後《ちょくご》のひとりだもの

だけど重症のひとりはなぜか音楽的
動作《どうさ》を止《と》めたときに鈴《すず》の音が聞こえる

ひとりんりん
ひとりんりん

ふたりのときは
こんな音なんて聞けなかった

ふたりでいたあのころだって

ふたりんりん
ふたりんりん

そんなかすかな鈴の音が
聞けてもよかったはずじゃない

だけどふたりでいることは
あんがい　がしゃがしゃで
あんがい　むしゃくしゃで
かすかな音とは無縁《むえん》だったっけ

ああ、いいなあ
ひとりりんりん！

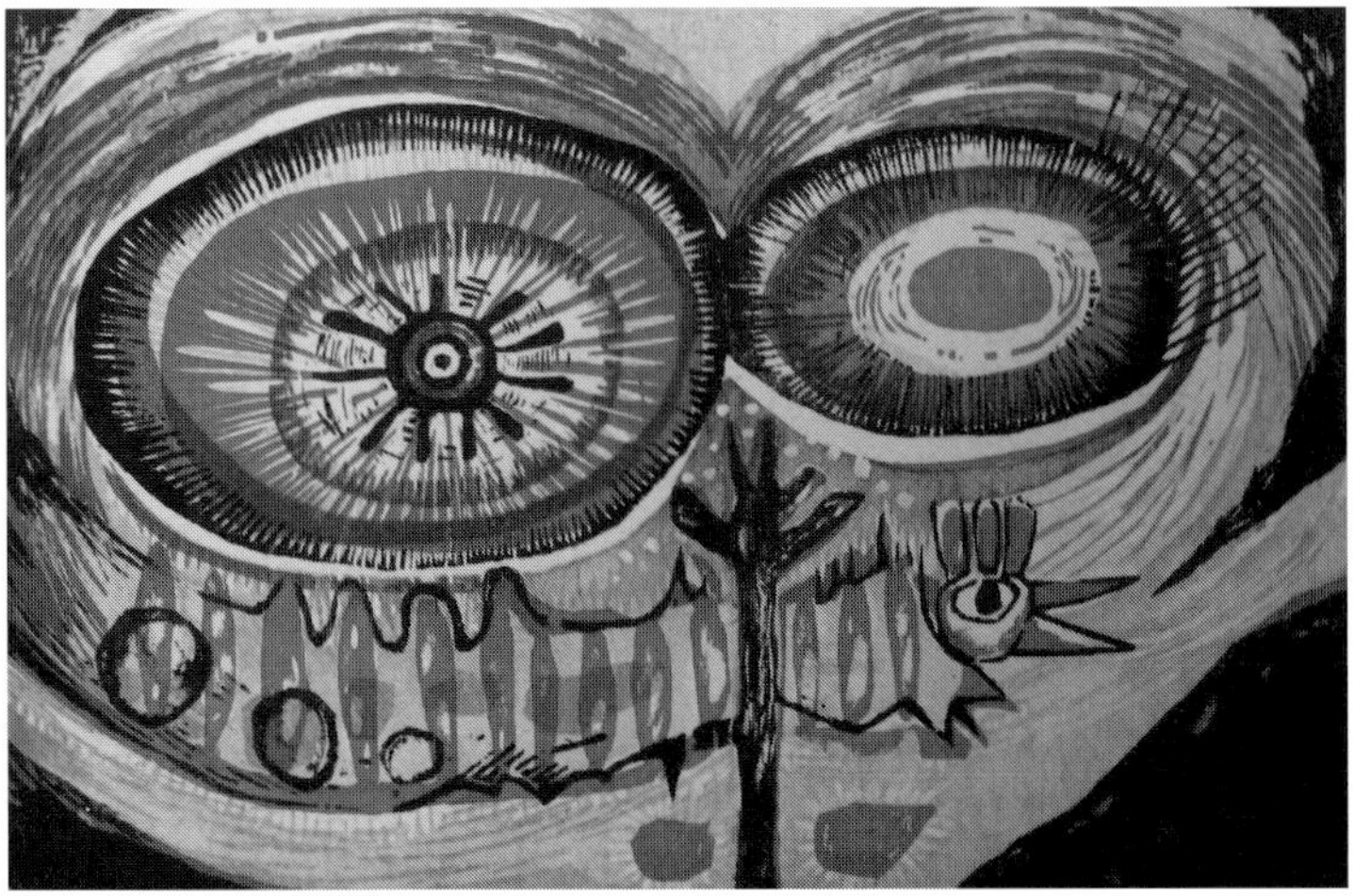

Ⅲ　むしゃくしゃや

いってらっしゃい！

洗濯物《せんたくもの》をほすときに
はたはたと形を整《ととの》えると
洗《あら》われたばかりの清潔《せいけつ》な埃《ほこり》が
空にのぼっていくのが見える

いってらっしゃい！

いまは知らないけれど
いつかはわたしも知ることになる
高い空へ

そして
かならず帰ってきて
真っ白い雪にくるまれて
わたしがまだ高い空を知る前に!

ほんの　むしゃくしゃ

あなたへのわだかまりが　ひとつ
真夏日に　ひとつ

汗がじんわりと吹きだし
ひとつのわだかまりを　ふたつに
ふたつをみっつにみっつを無数《むすう》に

みるみる新たな汗とブレンド
無数の汗腺《かんせん》にこもり
ちくちくと額《ひたい》や首を　刺《さ》す

かゆいの　でもない
いたいの　でもない
ほんの　むしゃくしゃ

汗がちくちくと
わだかまりでふやけた皮膚《ひふ》を　刺す

笑うデーモン

はっはっは
口先だけの約束なんて
蹴《け》っ飛ばしてやりなさい
目のきらきらがついてこない約束なんて
忘《わす》れたといってやりなさい

はっはっは
見えないものも
腹黒《はらぐろ》くなれば見えるものだと
いってやりなさい
はっはっは

そんなことよりもなによりも
あなたのなかのぼく
この笑うデーモンを大切に育てなさい

はっはっは
はっはっは、ですよ
あなたに足りないのは

けちんぼ

玉ねぎを刻《きざ》みながら
涙《なみだ》をどんどんだすことにした
どうせ玉ねぎ刻みのついでの涙だ

皮をむくころから
これまでもさんざん泣いて
色があせはじめた出来事《できごと》が
鼻のあたりでもぞもぞしていて
刻みだしたら深入りしてきて
止めようがなかった

どんどんだせ
玉ねぎを切ったついでの
どんどんだしてもかまわない涙だ

だけど
そんな涙でも唇《くちびる》を濡《ぬ》らすと
しょっぱくて

あ、わたしの海が減《へ》る！と気がついて
きっぱりと泣きやんだ

わたしはけちんぼなのです

いやなことをイヤといえない

午後そこへ行くのはいやなのに
あの子にいわれるとイヤといえない

だけどあの子は
わたしの午後を誰よりも
大切に思ったりしてくれるから
イヤというどころかうれしくなり
にこにこっ！　にこにこ

そうすると
いやなことをイヤといえなかった
自分への残念さや歯がゆさも
にこにこっ！　にこにこしてきて

行ってみるといやなことではなく
ときおりのぞき見にくるイヤの顔は
霰《あられ》か雹《ひょう》みたいにすぐ解《と》けて
けっきょくきてよかったでしょ！
と　自分につっ込みを入れたりする

樹上《じゅじょう》のライブ

夏の終わりのゆうぐれだ
ポプラ通りを
ぼくは自転車で走っている

一日たったいまだって
ぼくはあいつにいったことが
まちがっているとは思っていない

けれど……

とつぜん　ぼくは
ぼくと自転車を取り巻《ま》き

天からも降《ふ》り注《そそ》ぐ
青松虫のライブに気がつく
なんという圧倒《あっとう》！
彼らは互《たが》いの声を足場《あしば》にして
空の高みまでのぼっていくのだ！

ぼくは自転車を止め
ライブのなかに立ちつくす

たしかに　ぼくは
いままでもあいつにいったことが
まちがいだとは思っていない

けれど
何日もたったあとでは
ぼくがいったことが
事実だったということよりも
あいつが傷ついたことの方が残りはしないか

くれなずむ町を
ぼくは自転車で突き抜ける
あいつの家は町の外《はず》れだ

ブルー

いつのまにか咲いているアジサイも
全身ブルーで

いつのまにかふさいでいるワタシも
胸のなかがブルー

――ヒトの身体《からだ》の一部にも
　アジサイ色があるのです――

無口なアジサイがぽってりと
ワタシに話してきかせます

葉虫の合い言葉

薔薇《ばら》の花の下に集まれ
アンダー　ザ　ローズ
この場で話したことは
他《ほか》で話してはならない
アンダー　ザ　ローズ
薔薇の花の下に集まれ
要《い》らぬ要らぬと潰《つぶ》され
無視《むし》だ無視だと弾《はじ》かれ

だが薔薇の下ではみな
ひとりひとり葉虫じゃ
いざ！我らが合い言葉
アンダー　ザ　ローズ

崖《がけ》っぷち

追いつめられる！
崖っぷちへ
潮の香りのする場所へ

ここから先は空と海

羽ばたくか
泳ぐか

土にもぐるか
天翔《あまがけ》るか

いや
あるがままで振《ふ》り返り
追いつめるものを見つめよう
いい？　振り返るよ
……！

裏返《うらがえ》しに着たパジャマのポケットに

パジャマを裏返しに着て寝ると
会いたい人の夢《ゆめ》を見られるという

春になってポケットが二つあるパジャマを
裏返しに着て眠ってるけれど、
彼はなかなか強情《ごうじょう》で
たやすく夢に登場《とうじょう》しない

そんな日のたそがれどき
畑《はたけ》でコウモリが旋回《せんかい》していた
去年の秋に彼から教わった
アブラコウモリのカップルだ

冬眠中は
会話がなかったはずのコウモリなのに
あの二羽の信頼度《しんらいど》はなに？

その夜またもや
裏返しにするパジャマ

ふと　たそがれどきのカップルを
信頼の出来ない距離《きょり》に置《お》いてみたくて
裏返しのポケットの
右に一羽
左に一羽
むっふっっふ　入れて眠ることにする

ちゃんと　逆《さか》さまになってる？
ポケットのへりのレースが
爪《つめ》をひっかけるのに好都合《こうつごう》でしょ？

コウモリはどちらも返事をよこさない
ふたりにしか通じない超音波《ちょうおんぱ》で
むっふっふ　話しているのだな

そっちがそうならこっちは眠る
怪《あや》しくふくらむポケットを
お腹の右と左に分けて
夢を見ないで眠ってしまう

あなたとわたしの後ろから

昼下がりの雑木林《ぞうきばやし》
ひとりっきりのそぞろ歩き
木洩《こも》れ日がさせば
林は一瞬《いっしゅん》にしてこがねの樹海《じゅかい》

踏《ふ》み分けられた小径《こみち》を
並んで走ってくる少女
入り交じるふたりの声が
きらめく木立に透《す》き通る

あれはきのうまでの
あなたとわたし

絶《た》え間なく
おしゃべりしながら走っても
息が切れないのは
強くつながっていると信じていたから

コーナーの木の切り株《かぶ》を
跳《と》びこすときのはしゃぐ声が
すぐそこまで近づく

そら、
合流して走るのは、いま！
決断《けつだん》はこのようなときにするもの

こがねの波に背中をおされ
ためらいがちに走り出す

あなたとわたしの後ろから
きのうまでのわたしと入れ替《か》わるために

西沢杏子詩集『虫や草やあなたやわたしやむしゃくしゃや』によせて

高木あきこ

西沢杏子さんの八冊目の詩集『虫や草やあなたやわたしやむしゃくしゃや』のタイトルを、彼女からの電話で聞いたとき、えっ!?と軽いショックを味わった。少年詩に関わる人にはあまり考えつかない、ちょっとフツーじゃないタイトル。そしてその〝ちょっとフツーじゃない〟という思いは、作品に接したときの感じ方につながった。

詩と散文、子どもとおとな、双方の領域を行き来する西沢さんの詩は、自由でたのしい。なに?と思わせるタイトルの付け方やことばの巧みな使い方。作者の心は人目をおそれず、大胆にかろやかに前後左右にとびまわる。ドキリとさせたり、わらわせたり、考えさせたり……作品は読む者の胸の奥や日常をツンツンと突いて、細い傷跡を残していく。

「○○○○○、、、傘」における。や、の用い方、「えーんえんえ燕」や「ひとりんりん」にみることばあそびふうのことばの生かし方、「車道でぺしゃんこになったものは」の虫たちやテブクロに対するアミカケ表記、「飛んでいる蚊を叩こうとする」の「飛ばしませう」など、あちこちにみられる表現の工夫には作者の余裕を感じるが、これは、ゆたかな詩歴を持ち、二〇〇五年出版の詩集『ズレる?』で丸山豊記念現代詩賞を受賞した作者の力によるものであろう。

作者の余裕は、作品の並べ方にもあらわれている。たとえば、詩集の最初の詩、「黄蝶が二羽で」——

わたしの家の窓辺では/黄蝶が二羽で眠ります
夏の終わりの夕べです/打ち水さえもお静かに　（以下略）

この静かな穏やかさに〝安心して〟頁をめくった読み手は、つぎの「明るい五月の昼日中」で、〝予想もしなかった〟事態に遭遇してしまうのだ。

仰向けの胸の柔毛が／薄青く風に揺れる何気なさが／きみが予想もしなかったことを／静かに突きつける

鳩！／きみは予想もしないうちに／視界を砕かれた

不幸な鳩は「飛び慣れた大空へ」運ばれていくとして、詩集を読んでいる自分はこれからどこへ運ばれていくのか……気づかないうちに抱えこんでしまったかすかな不安。そしてそれは、またつぎの詩「凧の箒」で、あやしい黒雲となってふくらんでいく。しかもその緊張感は、つづく「えーんえんえ燕」でガクッとくずされる。読者は知らず知らずのうちに作者にのせられ、この詩集の一本道をたどることになってしまっているのである。

漠とした怖さをはらみ、皮肉っぽいユーモアを漂わせつつ、西沢さんの詩はどこかあたたかい。自己を主張しつつ〝他者〟を認める思いが、ゆるやかに底を流れているからであろうか。価値観のおしつけをしない作品たちは、間接的なエールとなって、生きにくい世の中でとまどっている若い心に届くだろう。

そう、たとえ崖っぷちに追いつめられても、みんなしなやかに生きぬこう。「アンダー　ザ　ローズ」の合い言葉とともに。なにかあっても大丈夫、〝きのうまでのわたし〟と、わたしは〝入れ替わる〟ことができるのだから。

最後の詩「あなたとわたしの後ろから」を読み終えて、読者はほっと息をつくことができる。作者からの贈り物をたしかに手にした思いに心地よく浸りながら。

（詩人）

西沢杏子（にしざわ　きょうこ）

佐賀県生まれ。

「トカゲのはしご」で、毎日新聞小さな童話大賞（山下明生賞）、詩集『ズレる？』（てらいんく）で、第十五回「丸山豊記念現代詩賞」を受賞。

詩集に『虫の落とし文』『虫の曼陀羅』（いずれも朝日新聞出版サービス）。

『虫の葉隠』『有象無象』『陸沈』『序・破・急』（いずれも花神社）。

児童書に『青い一角のギャロップ』・『青い一角の少年』（角川学芸出版）

『けしけしキングがやってきた』（そうえん社）など多数。

日本児童文学者協会会員、日本文藝家協会会員。

北村麻衣子（きたむら　まいこ）

京都府生まれ。玉川大学芸術学科美術専攻卒業。創形美術学校研究科卒業。
創形美術学校研究科研修生終了。現在　日本版画協会準会員
HP　http://www.kitamuramaiko.com

子ども　詩のポケット　42
虫や草やあなたやわたしやむしゃくしゃや
西沢杏子詩集

発行日　二〇一一年四月二十日　初版第一刷発行
著　者　西沢杏子
装挿画　北村麻衣子
発行者　佐相美佐枝
発行所　株式会社てらいんく
〒二一五-〇〇〇七　川崎市麻生区向原三-一四-七
TEL　〇四四-九五三-一八二八
FAX　〇四四-九五九-一八〇三
振替　〇〇二五〇-〇-八五四七二
印刷所　株式会社厚徳社
2011 Printed in Japan
 ISBN978-4-86261-084-3 C8392